翻轉人生的
勵志英文
抄寫魔法

正能量編輯委員會 / 著

全 MP3 一次下載

http://booknews.com.tw/mp3/9789864542925.htm

此為 ZIP 壓縮檔，請先安裝解壓縮程式或 APP，
iOS 系統請先升級至 iOS 13 後再行下載。
此為大型檔案（約 80M），建議使用 WIFI 連線下載，以免占用流量，
並確認連線狀況，以利下載順暢。

How to use this book

閱讀名言佳句，
獲得改變人生的力量

精選 100 多則古今中外名人的佳句、著作，從這些菁英的智慧中提升英文閱讀理解和寫作技巧，學習他們所使用的語彙，培養英文語感。

抄寫增加記憶力，
提升英文語感

利用抄寫英文的名言佳句增加正向思考和記憶力，體會這些歷史人物在說話和寫作的心境。提供 4 種筆記樣式，打造不同的寫字手感。

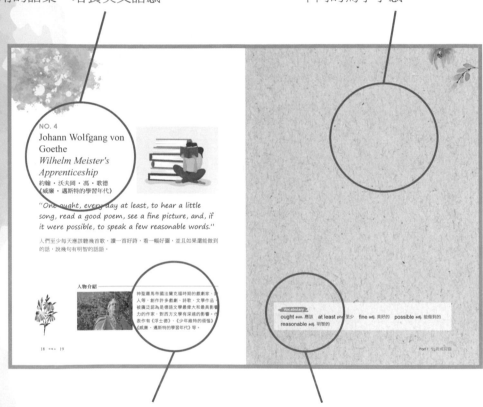

NO. 4
Johann Wolfgang von Goethe
Wilhelm Meister's Apprenticeship
約翰·沃夫岡·馮·歌德
《威廉·邁斯特的學習年代》

"One ought, every day at least, to hear a little song, read a good poem, see a fine picture, and, if it were possible, to speak a few reasonable words."

人們至少每天應該聽幾首歌，讀一首好詩，看一幅好圖，並且如果還能做到的話，說幾句有明智的話語。

人物介紹

神聖羅馬帝國法蘭克福時期的戲劇家、人等，創作許多戲劇、詩歌、文學作品，被廣泛認為是德語文學最偉大和最具影響力的作家，對西方文學有深遠的影響。代表作有《浮士德》、《少年維特的煩惱》、《威廉·邁斯特的學習年代》等。

Vocabulary
ought aux. 應該 at least phr. 至少 fine adj. 美好的 possible adj. 能做到的 reasonable adj. 明智的

18 ••• 19

Part 1 改變觀看世界

閱讀人物介紹，
了解歷史人物的基本背景

閱讀完名言佳句、詩詞，接著了解作者的生平背景，知道作者的背景就更能體會他們當時所處在的環境以及當下的心情。

名言佳句的單字解釋

閱讀時免查字典，並在抄寫時直接記憶重要單字，提升英文字彙量。

Contents

Part 3　表達感情篇

Part 4 鼓舞人心篇

Part 5 擁抱自然篇

Part 6 會心一笑篇

Part 1

自我成長篇

Improve Yourself

請翻到P.1掃描QR碼聽取音檔。

"Your greatness is measured by your horizons."

你有多偉大，取決於你的視野有多寬廣。

—— *Michelangelo*

〈文藝復興藝術三傑〉米開朗基羅

NO. 1
Confucius
Confucian Analects
孔子
《論語》

"When you see a good person, think of becoming like her/him. When you see someone not so good, reflect on your own weak points."

見賢思齊焉，見不賢而內自省。（中文原文）
若你見到好人，想著要變成他的樣子；若你見到不好的人，則是要反省自己的缺點。

人物介紹 ───

本名孔丘，字仲尼，是儒家的創始人及代表人物。孔子的門下有許多弟子，而《論語》是由弟子將孔子平時應答弟子的語句整理後所編撰而成的，也是儒家的重要經典。孔子在世時教導諸多弟子，他的思想至今仍影響深遠，他的誕辰日也被設立為台灣的「教師節」。

NO. 2
Louisa May Alcott
Little Women

露意莎・梅・奧爾柯特
《小婦人》

"Be comforted, dear soul! There is always light behind the clouds."

被安慰吧，親愛的靈魂！雲層的背後總會有光明。

人物介紹 ───────────

19 世紀美國小説家，擅長寫作兒童文學與小説，知名代表作為《小婦人》，以童年經歷為基礎寫作而成，是半自傳式的作品。除了《小婦人》之外，奧爾柯特也寫作一系列家庭故事的作品，如《好妻子》、《小紳士》等。

NO. 3

John Muir

約翰・繆爾

"Everybody needs beauty as well as bread, places to play in and pray in, where Nature may heal and cheer and give strength to body and soul alike."

人人都需要美麗的事物與麵包、以及玩耍和祈禱的地方,在那裡大自然可以治癒、鼓舞人心,並賦予身心力量。

人物介紹

19 世紀美國早期的環保運動領袖,寫作體裁為自然寫作,繆爾為環保運動注入許多心力,促使美國優勝美地成為國家公園,保護當地的自然生態資源。他的著作和思想對現代環保運動有深遠的影響。

NO. 4

Johann Wolfgang von Goethe
Wilhelm Meister's Apprenticeship

約翰・沃夫岡・馮・歌德
《威廉・邁斯特的學習年代》

"One ought, every day at least, to hear a little song, read a good poem, see a fine picture, and, if it were possible, to speak a few reasonable words."

人們至少每天應該聽幾首歌，讀一首好詩，看一幅好圖，並且如果還能做到的話，說幾句有明智的話語。

人物介紹

神聖羅馬帝國法蘭克福時期的戲劇家、詩人等，創作許多戲劇、詩歌、文學作品，被廣泛認為是德語文學最偉大和最具影響力的作家，對西方文學有深遠的影響。代表作有《浮士德》、《少年維特的煩惱》、《威廉・邁斯特的學習年代》等。

NO. 5

Epictetus
愛比克泰德

"We can't control the impressions others form about us, and the effort to do so only debases our character."

我們無法控制其他人對我們形成的印象，努力這麼做只會貶低我們的性格。

人物介紹 ───────────

古羅馬斯多葛學派哲學家，出生時可能是奴隸身份，之後被釋放後到斯多葛學派的學者莫索尼烏斯‧魯弗斯底下學習，並開始講述哲學。愛比克泰德的哲學思想對後世的倫理學、道德學和心理學的發展影響深遠。

Vocabulary

impression **n.** 印象   form **v.** 形成   effort **n.** 努力   debase **v.** 貶低
character **n.** 性格

NO. 6
William Shakespeare
Hamlet

威廉・莎士比亞
《哈姆雷特》

"Refrain to-night;
And that shall lend a kind of easiness
To the next abstinence, the next more easy;
For use almost can change the stamp of nature,
And either master the devil or throw him out
With wondrous potency."

今晚的忍耐；
將會提供一種輕鬆
到下一次的節制會變得更容易；
因為使用幾乎能夠改變本性的印記，
以驚人的效力控制魔鬼，或是把他趕出去。

人物介紹

16 世紀英國文學重要的戲劇家、文學家，他的著作至今仍是世人必讀的經典，包含 38 部戲劇、154 首十四行詩，和其他詩歌。其中《哈姆雷特》是他知名的悲劇作品，並與其他三個戲劇《馬克白》、《李爾王》、《奧賽羅》稱為莎士比亞的四大悲劇。

Maimonides
The Guide for the Perplexed

邁蒙尼德
《迷途的指引》

"The person who wishes to attain human perfection should study logic first, next mathematics, then physics, and, lastly, metaphysics."

若一個人想要達到完美人類，首先他應該學習邏輯學，接下來要學習數學，然後是物理學，最後是形上學。

人物介紹

本名 Moses ben Maimon，普遍被稱為 Maimonides，是塞法迪猶太人出身的哲學家，在中古世紀成為最有影響力的猶太教學者，在 13 世紀邁蒙尼德為猶太教總結十三條信條，被稱為《邁蒙尼德十三信條》。

Vocabulary

attain v. 實現；獲得　 perfection n. 完美　 mathematics n. 數學
physics n. 物理學　 metaphysics n. 形而上學

G.K. Chesterton
All Things Considered
G・K・卻斯特頓
《考慮所有的事》

"There are books showing men how to succeed in everything; they are written by men who cannot even succeed in writing books."

有些書告訴人們，要如何在每件事上成功，但是這些書是那些甚至連書都寫不好的人所撰寫出來的。

人物介紹

19、20 世紀是英國作家，因為喜歡推理小說，時常推廣並自己寫作推理小說，他創造的小說人物以布朗神父最具知名度，代表作是《名叫星期四的男人》，與《福爾摩斯》透過物證推理的方式不同，卻斯特頓是以犯罪心理學的方式進行推理。

Vocabulary

succeed in phr. 成功～

Robert Henri
The Art Spirit

羅伯特・亨利
《藝術的精神》

"We are troubled by having two selves, the inner and the outer. The outer one is rather dull and lets great things go by."

我們常被兩個自我所困擾著,內在與外在的我。外在的我相當地黯淡,讓好的事情隨著時間流逝。

人物介紹

美國藝術家、教育家,是垃圾箱畫派的領導人,並為 20 世紀美國新現實主義鋪路,其知名的畫作有《Snow in New York》、《Salome》等。亨利也鼓勵學生進行自我發現的過程,其中的幾位學生也是美國 20 世紀的重要藝術家。他的著作《藝術的精神》至今仍影響深遠。左圖是亨利的作品《Dutch Girl in White》。

Vocabulary

trouble v. 困擾　inner n. 內部，裡面　outer n. 外部，外面　dull adj. 暗淡的
go by phr. 經過；（時間）過去

NO. 10

Aesop
伊索

"Don't let your special character and values, the secret that you know and no one else does, the truth — don't let that get swallowed up by the great chewing complacency."

不要讓你的獨特性格和價值、只有你知曉而沒人知道的祕密和真理，被那種大口咀嚼的自滿所吞噬。

人物介紹

古希臘的奴隸、寓言故事作家，相傳《伊索寓言》是由伊索創作，然而因為時代久遠，是否真有伊索這個人已不可考。伊索寓言故事的主人翁都是動物，例如狐狸、驢子等，故事篇幅簡短、結尾還有充滿哲理的語句，至今仍是兒童必讀的故事集。

NO. 11
Franklin D. Roosevelt
富蘭克林・羅斯福

"Confidence... thrives on honesty, on honor, on the sacredness of obligations, on faithful protection and on unselfish performance. Without them it cannot live."

自信…成長茁壯於誠實、榮譽、義務的神聖、忠誠的保護,以及無私的表現。沒有這些要素自信就無法存活。

人物介紹

第 32 屆美國總統,普遍會以 FDR 稱呼,是首位連任超過兩任的美國總統,在 1933 年到 1945 年擔任四次美國總統,並且是 1920 年經濟大蕭條到 1930 年第二次世界大戰的美國重要人物。羅斯福也被認為是美國歷史上其中一位最偉大的總統。

Vocabulary

confidence n. 自信　thrive v. 茁壯成長　sacredness n. 神聖
obligation n. 義務　faithful adj. 忠誠的　protection n. 保護
unselfish adj. 無私的

Part 1　自我成長篇

NO. 12
Mahatama Gandhi
聖雄甘地

"Man often becomes what he believes himself to be. If I keep on saying to myself that I cannot do a certain thing, it is possible that I may end by really becoming incapable of doing it. On the contrary, if I have the belief that I can do it, I shall surely acquire the capacity to do it even if I may not have it at the beginning."

人們通常會變成他相信自己會成為的樣子，如果我一直告訴自己，我不能做某件事，很有可能我最後真的變得無法做好那件事。相反地，如果我有信念可以做到這件事，我也會確實獲得做這件事的能力，即使我一開始並沒有這項能力。

人物介紹

印度國父，帶領印度脫離英國殖民地統治、獨立建國，並影響世界各地的人民進行民權和自由運動。甘地的真理以及非暴力的哲學思想也啟發許多民主運動人士，例如：馬丁・路德・金恩二世、翁山蘇姬和曼德拉等民權領袖。而在 2007 年聯合國大會也通過決議，將甘地的生日訂為國際非暴力日。

Vocabulary

certain adj. 某　possible adj. 可能的　incapable adj. 無能力的
on the contrary phr. 正相反　belief n. 信念　acquire v. 獲得
capacity n. 能力

NO. 13

Marie Curie

瑪莉・居禮

"Life is not easy for any of us. But what of that? We must have perseverance and above all confidence in ourselves. We must believe that we are gifted for something and that this thing, at whatever cost, must be attained."

生活對任何人而言都不容易,但那又如何呢?我們必須有毅力,最重要的是對自己有信心。我們必須相信自己在某件事上有天賦,並且必須不計代價來實現這件事。

人物介紹

普遍稱為居禮夫人,19 世紀波蘭裔法國籍物理學家、化學家,她進行了開創性的放射性研究,在她的指導下,人們開始將放射性同位素用在治療腫瘤。居禮夫人是首位獲得諾貝爾獎的女性,以及首位獲得兩次諾貝爾獎的得獎人,對科學領域的發展影響深遠。

Vocabulary

perseverance **n.** 堅持不懈　above all **phr.** 最重要的　gifted **adj.** 有天賦的
attain **v.** 實現；獲得

Marcus Garvey

Philosophy and Opinions of Marcus Garvey

馬科斯‧加維

《馬科斯‧加維的哲學與見解》

"If you have no confidence in self, you are twice defeated in the race of life. With confidence, you have won even before you have started."

如果你對自己沒有自信，那麼你就在人生的賽跑中被打敗兩次。有了自信，你甚至在起跑前就已經贏了。

 人物介紹

 20 世紀牙買加政治家，是世界黑人進步協會的創辦人，並激發非裔的種族自豪感。因為加維擁有優秀的演講能力，受到許多中下層的非裔支持，而他的意識形態為黑人民族主義和泛非洲主義，被認為是黑人民族主義的開創者。

NO. 15
Vincent Van Gogh
文森‧梵谷

"If you hear a voice within you say 'you cannot paint' then by all means paint, and that voice will be silenced."

如果你聽到你內心的聲音說:「你不會畫畫」,那麼一定要畫下去,那個聲音將會安靜下來。

人物介紹

19 世紀荷蘭後印象派畫家,有許多知名畫作如:《星夜》、《向日葵》等,這些畫作至今已經成為世界名畫。梵谷到 27 歲才成為畫家,接觸到印象派和新印象派後,開始將鮮豔的色彩融入到作品中。然而梵谷在生前作品並不受重視,他也飽受精神疾病和貧窮之苦,最後在 37 歲時自殺。

NO. 16

Marcus Aurelius
Meditations

馬可・奧理略
《沉思錄》

"Look well into thyself; there is a source of strength which will always spring up if thou wilt always look."

好好檢視自己；有一種力量的泉源，只要你一直看著，它就會一直湧現。

人物介紹 ——————————————

羅馬帝國五賢帝的最後一位羅馬皇帝，擁有「哲學家皇帝」的稱號。除了是羅馬帝國的君王，奧理略也是斯多葛學派的哲學家，並以希臘文撰寫哲學著作《沉思錄》，直到今日仍廣為流傳、影響深遠。

Vocabulary

thyself pron. 【古】你自己　source n. 源頭　spring up phr. 出現
wilt aux. = 助動詞 will（主詞為 thou 時使用）

NO. 17

Sophocles
Oedipus Rex

索福克里斯
《伊底帕斯王》

"Fear? What has a man to do with fear? Chance rules our lives, and the future is all unknown. Best live as we may, from day to day."

恐懼？人們和恐懼有什麼關係？機會控制我們的生活，而未來是完全未知的。我們要盡可能地過好每一天。

人物介紹

古希臘劇作家，是古希臘悲劇的其中一位代表人物，著有許多悲劇作品，但保留至今的劇作只剩下七部，知名的著作有《伊底帕斯王》、《安蒂岡妮》、《伊底帕斯在科羅諾斯》等。

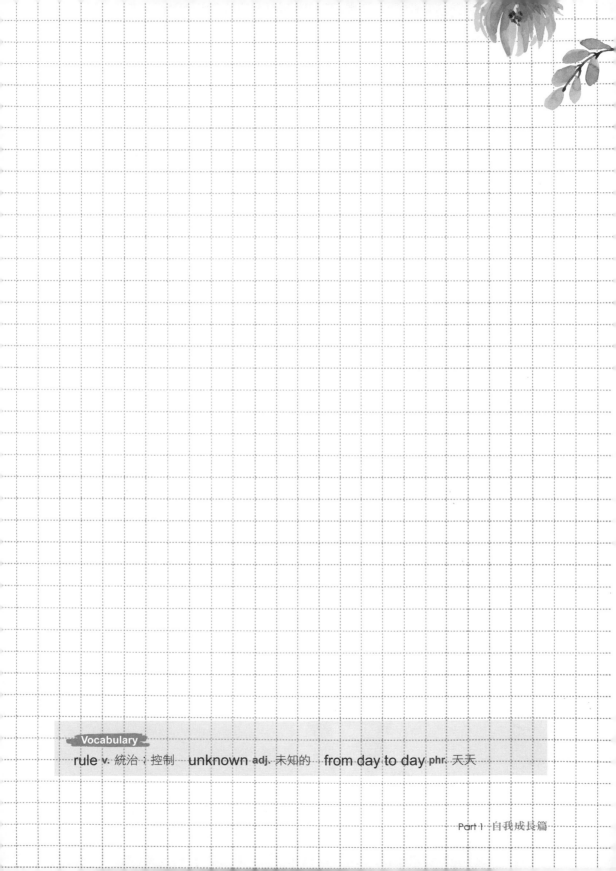

Vocabulary

rule v. 統治；控制　　unknown adj. 未知的　　from day to day phr. 天天

Part 1 · 自我成長篇

NO. 18

Charlotte Brontë
Jane Eyre

夏綠蒂・勃朗特
《簡・愛》

"I care for myself. The more solitary, the more friendless, the more unsustained I am, the more I will respect myself."

我很關心自己。越是孤獨，我就越沒有朋友，越是沒有支持依靠，我就會越尊重我自己。

人物介紹

19 世紀英國女作家，著有世界知名文學作品《簡・愛》，是勃朗特三姊妹的其中一位，另外兩位姊妹也有知名的文學代表作，分別是艾蜜莉・勃朗特《咆哮山庄》、安妮・勃朗特《荒野莊園的房客》。

Vocabulary

solitary **adj.** 獨自的　friendless **adj.** 無朋友的　unsustained **adj.** 沒支持的

NO. 19

Elizabeth Gaskell

伊莉莎白・蓋斯克亞爾

"People may flatter themselves just as much by thinking that their faults are always present to other people's minds, as if they believe that the world is always contemplating their individual charms and virtues."

人們可會能自命不凡，認為自己的缺點總是會呈現在別人的心中，彷彿他們相信這個世界總是在審視他們的個人魅力和美德。

人物介紹

維多利亞時代的英國小說家、短篇故事作家，被稱為蓋斯克亞爾夫人，她的小說仔細描繪維多利亞時代的各種階層，包含了貧困階層。代表作有《克蘭弗德》、《露絲》、《北與南》等，除了小說以外，蓋斯克亞爾也為夏綠蒂・勃朗特撰寫個人傳記。

NO. 20
Sir Walter Scott
華特・斯各特

"Teach self-denial and make its practice pleasure, and you can create for the world a destiny more sublime that ever issued from the brain of the wildest dreamer."

教導克己並使它成為樂趣,你就能為這個世界創造出從最狂妄的夢想家腦中曾經發出更崇高的命運。

人物介紹

18 世紀末的蘇格蘭歷史小說家、詩人等,被認定為歷史小說的創始人,也是英國浪漫主義的代表人物。重要的著作包含《艾凡赫》、《威弗萊》、《肯納爾沃思堡》等。

Part 2

沉靜身心篇

Calm Yourself

請翻到 P.1 掃描 QR 碼聽取音檔。

"*The ideal of calm exists in a sitting cat.*"

最理想的冷靜存在於一隻坐著的貓咪。

—— *Jules Renard*

〈法國小説家〉儒勒 · 雷納爾

NO. 21

Friedrich Nietzsche
弗里德里希‧尼采

"To learn to see- to accustom the eye to calmness, to patience, and to allow things to come up to it; to defer judgment, and to acquire the habit of approaching and grasping an individual case from all sides. This is the first preparatory schooling of intellectuality. One must not respond immediately to a stimulus; one must acquire a command of the obstructing and isolating instincts."

學著如何去看：習慣將平靜、耐心映入眼簾，讓事情達成；延後判斷，養成習慣從各個角度接近並掌握個別的情況。這是理智首要的預備教育。人們不能對刺激做出立即的反應；必須獲得掌握阻礙和孤立的本能。

人物介紹

19 世紀末德國古典語言學家和哲學家，對西方哲學思想有深遠的影響，提出許多著名的思想，像是「超人」、「權力意志」或「永恆回歸」等，引發世人對尼采思想進行討論與研究。

Vocabulary

accustom v. 使習慣　come up to phr. 達到～　defer v. 推遲
acquire v. 取得　approach v. 接近　grasp v. 抓住
intellectuality n. 理智；知識分子　preparatory schooling phr. 預備教育
stimulus n. 刺激　command n. 掌握，運用能力　obstructing adj. 阻礙的
isolating adj. 孤立的　instinct n. 本能

NO. 22
Edith Wharton
伊迪絲・華頓

"There are two ways of spreading light: to be The candle or the mirror that reflects it."

散播光明有兩種方式：
成為蠟燭，或是成為可以反射光亮的鏡子。

人物介紹

19 世紀美國女作家，出身於美國上流社會，因此華頓的短篇故事、小說著作也包含了對當時上流社會的描述。她的代表作為《純真年代》，並榮獲普立茲文學獎，也是首位獲得該獎項的女作家。

NO. 23

Hippocrates
希波克拉底

"If you are in a bad mood, go for a walk. If you are still in a bad mood, go for another walk."

如果你心情不好，就去散散步。如果你還是心情不好，就再去散散步。

人物介紹

古希臘伯里克利時代的醫師，將醫學與巫術和哲學分離，對醫學有革命性的影響，被尊稱為醫學之父。而希波克拉底誓言亦流傳了兩千多年，許多醫師在行醫前會以此誓言立誓，被視為醫生的行為規範，然而此誓言是否為希波克拉底所撰寫的已不可考。

NO. 24

Joseph Conrad
Heart of Darkness

約瑟夫・康拉德
《黑暗的心》

"The mind of man is capable of anything--because everything is in it, all the past as well as all the future. What was there after all? Joy, fear, sorrow, devotion, valor, rage--who can tell?--but truth--truth stripped of its cloak of time."

人的思想是無所不能的，因為一切事物都在其中，所有的過去和未來都在裡面。那裡究竟有什麼呢？喜悅、恐懼、悲傷、奉獻、英勇、憤怒，誰能辨別呢？只有真理，真理會脫去時間的外衣。

人物介紹

19 世紀波蘭裔英國小說家和短篇小說家，在成為作家前是周遊各國的水手，之後自學英文並開始寫作，是少數以非母語寫作而成名的作家，被視為現代主義的先驅，代表作品包含《水仙號的黑水手》、《黑暗的心》、《吉姆爺》等。

Vocabulary

capable adj. 有能力的　after all phr. 究竟　sorrow n. 悲傷　devotion n. 奉獻
valor n. 英勇　rage n. 狂怒　strip v. 脫掉衣服　cloak n. 披風

NO. 25

William Gladstone

威廉・格萊斯頓

"If you are cold, tea will warm you;
if you are too heated, it will cool you;
If you are depressed, it will cheer you;
If you are excited, it will calm you."

如果你很冷,茶會溫暖你;
如果你太熱,茶會冷卻你;
如果你憂鬱,茶會鼓舞你;
如果你興奮,茶會使你平靜。

人物介紹

19 世紀英國自由黨政治家,擔任十二年
(四屆)的英國首相,格萊斯頓的政治理
念為機會均等和反對貿易主義,使他贏得
工人階級的支持,並得到「人民的威廉」
(The People's William)的稱號。

NO. 26

Søren Kierkegaard
The Concept of Anxiety
索倫・齊克果
《焦慮的概念》

"an adventure that every human being has to live through, learning to be anxious so as not to be ruined either by never having been in anxiety or by sinking into it. Whoever has learned to be anxious in the right way has learned the ultimate."

每個人類必須經歷的冒險，學習焦慮，也就不會因為不曾經歷焦慮或陷入焦慮之中而被摧毀。不論是誰先學會以正確的方式面對焦慮，他就已經學到登峰造極的境界。

人物介紹

19 世紀丹麥神學家和哲學家、詩人等。他強調個人存在，關注於單一的個體，被視為存在主義的創立者，他的哲學思想也深深影響哲學、神學和西方文化領域的發展。齊克果的主要著作有《非此則彼》、《致死的疾病》等。

Vocabulary

live through phr. 經歷過～　anxious adj. 焦慮的　so as to phr. 為了～
ruin v. 毀壞　sink into phr. 陷入～　ultimate n. 最偉大的事物

NO. 27

Seneca
On Anger
塞內卡
《論憤怒》

"We often are angry," says our adversary, "not with men who have hurt us, but with men who are going to hurt us: so you may be sure that anger is not born of injury."

「我們常常感到憤怒」我們的對手說道「不是因為那些已經傷害過我們的人，而是因為那些將會傷害我們的人：所以你或許可以確信，憤怒並不是因為受傷而產生的。」

人物介紹 ───────

古羅馬帝國時期斯多葛學派的哲學家，是「羅馬帝國時期的重要哲學人物」，並寫作許多與哲學著作如《對話錄》、《論憐憫》等。曾經擔任羅馬皇帝尼祿的導師，之後卻被捲入謀殺尼祿的陰謀，雖然塞內卡不可能會參與行動，還是被尼祿下令自我了結生命。

Vocabulary

adversary n. 對手   born of phr. 來源於某事物

NO. 28

Hafez
The Poetry Pharmacy Returns

哈菲茲
《詩藥房的歸來》

"Now that your worry has proved such an unlucrative business. Why not find a better job?"

既然你的擔憂已被證明是個無利可圖的生意，為何不找份更好的工作呢？

人物介紹 ───────────────

14 世紀波斯抒情詩人，本名是沙姆斯丁・穆罕默德，哈飛茲則是他的筆名，被認為是其中一位波斯最知名的抒情詩人，譽為「詩人的詩人」。一生創作五百到九百多首詩作，題材多為愛情和美酒，也會批評宗教和世俗統治者的腐敗。

NO. 29

Rumi

魯米

"Half of life is lost in charming others. The other half is lost in going through anxieties caused by others. Leave this play. You have played enough."

大半的人生浪費在吸引別人的關注上,另一半也迷失在經歷他人所引發的焦慮。離開這齣戲吧,你已經演夠了。

人物介紹 ——————

13 世紀伊斯蘭教蘇菲派神祕主義詩人,主要以波斯語創作,也會用阿拉伯語和土耳其語創作,使他的作品在波斯文學和土耳其文學中展現出多樣性。到了 20 世紀,魯米的作品也被傳播到世界各地,被翻譯成多國語言。

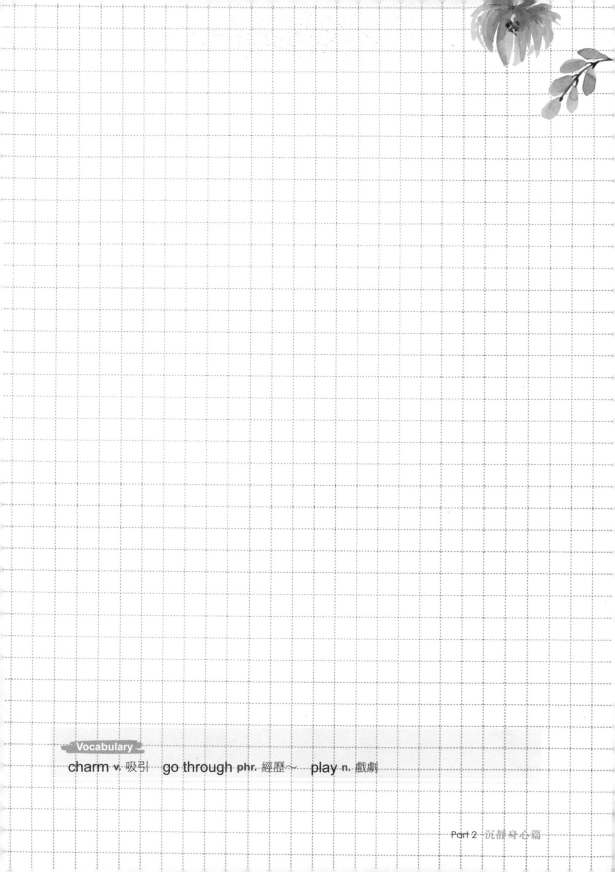

NO. 30

Oscar Wilde
The Picture of Dorian Gray

奧斯卡‧王爾德
《道林格雷的畫像》

"The past could always be annihilated. Regret, denial, or forgetfulness could do that. But the future was inevitable."

過去總是可以被摧毀。懊悔、否認,或者健忘也可以那樣做。但未來卻是無法迴避的。

人物介紹

19 世紀愛爾蘭都柏林詩人和劇作家,因為王爾德機智的言談和華麗的服裝、外表,使他成為當時最受歡迎的人物。王爾德的代表作有劇本《不可兒戲》、小說《道林格雷的畫像》、童話集《快樂王子與其它故事》等。

NO. 31

Christina Rossetti
Goblin Market and Other Poems

克里斯蒂娜・羅塞蒂
《精靈市場和其他詩歌》

"For there is no friend like a sister
In calm or stormy weather;
To cheer one on the tedious way,
To fetch one if one goes astray,
To lift one if one totters down,
To strengthen whilst one stands"

沒有朋友會像姊妹一樣
於平靜或是暴雨的天氣中；
在單調乏味的路途中鼓舞人，
在人走入歧途時把他接回來，
在人步履蹣跚時把他扶起來，
在人站起來時使他穩固腳步。

人物介紹

19 世紀英國詩人，是英國其中一位最重要的女詩人，她從宗教信仰種找到靈感，代表作有《精靈市場》、《王子的進步》等。羅塞蒂也創作童詩《Sing-Song》，並被認為是 19 世紀最傑出的童書。

Vocabulary

tedious **adj.** 單調乏味的　　fetch **v.** 接來；取來　　astray **adv.** 誤入歧途地
totter **v.** 蹣跚　　whilst **conj.** = while

NO. 32

L.M. Montgomery
露西・莫德・蒙哥馬利

"I like to hear a storm at night. It is so cosy to snuggle down among the blankets and feel that it can't get at you."

我喜歡在夜晚聆聽暴風雨。偎依在毛毯裡，感受著風雨無法靠近你，這樣是多麼地舒適啊。

人物介紹 ————————————————————

19 世紀末加拿大作家，寫作小說、短篇故事、詩等，代表作《清秀佳人》一出版就大受歡迎，蒙哥馬利大部分的小說背景設定在愛德華王子島省，而那些在小說出現的地點也變成地標和熱門旅遊景點。

NO. 33

Boëthius
The Consolation of Philosophy

波愛休斯
《哲學的慰藉》

"So dry your tears. Fortune has not yet turned her hatred against all your blessings. The storm has not yet broken upon you with too much violence. Your anchors are holding firm and they permit you both comfort in the present, and hope in the future."

把眼淚擦乾吧。命運還沒把她的仇恨轉向你所有的運氣，暴風雨還沒太過猛烈把你擊垮。你的錨還穩固地撐著，讓你可以在現在得到安逸，並在未來得到希望。

人物介紹

6 世紀初期羅馬學者、哲學家，波愛修斯很早踏入政壇，擔任過元老院成員，之後成為執行官，然而他被當時的統治者懷疑謀反而被囚禁和判處死刑，波愛修斯在入獄期間寫作《哲學的慰藉》，成為中世紀最具影響力的哲學書籍。

Vocabulary

fortune n. 運氣　hatred n. 仇恨　blessing n. 福氣　anchor n. 錨

permit v. 使有可能　comfort n. 安逸，舒適

Charlotte Brontë
Jane Eyre

夏綠蒂・勃朗特
《簡・愛》

"The soul, fortunately, has an interpreter – often an unconscious but still a faithful interpreter – in the eye."

靈魂很幸運地在眼睛裡有個口譯員，通常是個無意識，卻仍然忠實的口譯員。

人物介紹

19 世紀英國女作家，著有世界知名的文學作品《簡・愛》，是勃朗特三姊妹的其中一位，另外兩位姊妹也有知名的文學代表作，分別是艾蜜莉・勃朗特《咆哮山庄》、安妮・勃朗特《荒野莊園的房客》。

Vocabulary

fortunately adv. 幸運地　　interpreter n. 口譯員　　unconscious adj. 無意識的
faithful adj. 忠實的

NO. 35

James Allen
As a Man Thinketh

詹姆斯・艾倫
《你的思想決定業力》

my secret garden

"A man's mind may be likened to a garden, which may be intelligently cultivated or allowed to run wild; but whether cultivated or neglected, it must, and will, bring forth. If no useful seeds are put into it, then an abundance of useless weed seeds will fall therein, and will continue to produce their kind."

人的內心或許能夠比擬成一座花園,可以精心栽培或自在生長;但是不論是栽培還是忽視,它一定且將會生長。如果沒有撒下有用的種子,那麼就會有大量無用的雜草種子掉到其中,並且繼續生長這個品種的雜草。

人物介紹 ───────────

19 世紀末哲學作家,以寫作啟發性書籍和詩集知名,也是自助運動(self-help movement)的先驅,他的代表作《你的思想決定業力》從 1903 年出版到現在仍深刻影響著許多人。

Mary Shelley
Frankenstein

瑪麗・雪萊
《科學怪人》

"My feelings became calmer, if it may be called calmness when the violence of rage sinks into the depths of despair."

當憤怒的暴力墜入絕望的深淵，如果可以將它稱之為冷靜的話，我的感覺變得更冷靜了。

人物介紹

19 世紀英國小說家，也是浪滿主義詩人珀西・雪萊的妻子，她最知名的小說是以哥德式風格寫作的《科學怪人》，在文學上有重大的影響，並在日後被拍成電影。近日的學者也開始研究雪萊的其他著作，並肯定她的文學貢獻。

NO. 37

Anne Brontë
Agnes Grey

安妮・勃朗特
《阿格尼斯・格雷》

"It is foolish to wish for beauty. Sensible people never either desire it for themselves or care about it in others. If the mind be but well cultivated, and the heart well disposed, no one ever cares for the exterior."

希望得到美麗是愚蠢的。明智的人從來不會渴望自己得到美麗，或是關心他人的美麗。如果好好培養思想，有好好處理心境，就沒有人會在乎外表。

人物介紹 ─────────────

19 世紀英國女作家，著有世界知名文學作品《阿格尼斯・格雷》，是勃朗特三姊妹的其中一位，另外兩位姊妹也有知名的文學代表作，分別是艾蜜莉・勃朗特《咆哮山庄》、夏綠蒂・勃朗特《簡・愛》。

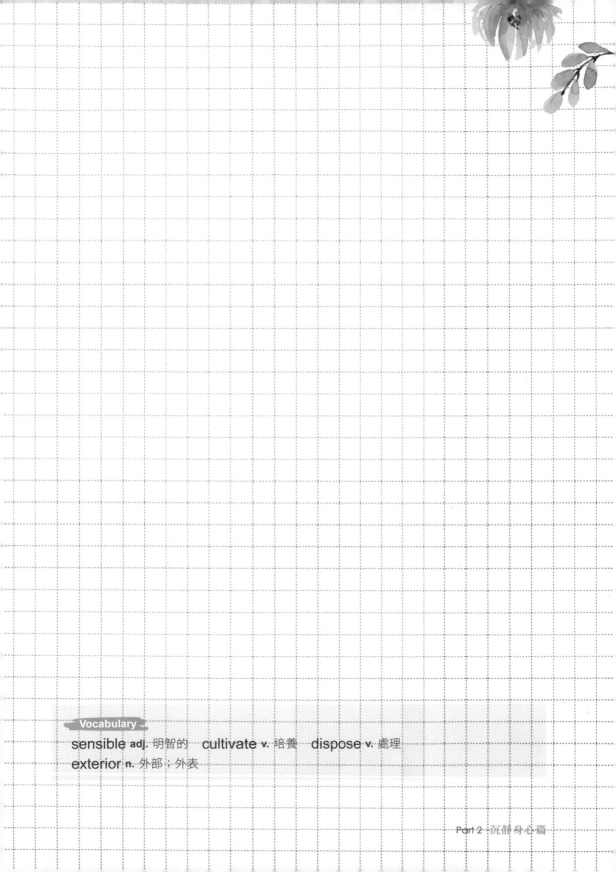

NO. 38

Mark Twain
The Prince and the Pauper

馬克・吐溫
《乞丐王子》

"When I am king they shall not have bread and shelter only, but also teachings out of books, for a full belly is little worth where the mind is starved."

當我是國王時,他們不會只有麵包和住所,也會有書中的教導,因為在對思想飢餓的情況下,飽足肚子是沒什麼價值的。

人物介紹

19 世紀美國作家、演說家、幽默大師,文風機智幽默、也會對社會進行批判反思,作品量非常龐大,其代表作《湯姆歷險記》和《頑童流浪記》,這些作品流傳至今仍是膾炙人口的故事。

NO. 39

Marcus Aurelius
Meditations

馬可・奧理略
《沉思錄》

"The things you think about determine the quality of your mind. Your soul takes on the color of your thoughts."

你所想的事情決定了你思想的品質,你的靈魂會呈現你思考的色彩。

人物介紹 ————————————

羅馬帝國五賢帝的最後一位羅馬皇帝,擁有「哲學家皇帝」的稱號。除了是羅馬帝國的君王,奧理略也是斯多葛學派的哲學家,並以希臘文撰寫哲學著作《沉思錄》,直到今日仍廣為流傳、影響深遠。

Vocabulary

determine v. 決定　quality n. 品質　soul n. 靈魂　take on phr. 呈現

NO. 40

Hafez
The Subject Tonight Is Love

哈菲茲
《今晚的主題是愛》

"For a day, just for one day,
Talk about that which disturbs no one
And bring some peace into your
Beautiful eyes."

一天，只要一天就好，
談談不會那些打擾到任何人的事
並帶來一些和平
到你美麗的眼睛裡。

人物介紹 ───────────────

14 世紀波斯抒情詩人，本名是沙姆斯丁・穆罕默德，哈飛茲則是他的筆名，被認為是其中一位波斯最知名的抒情詩人，譽為「詩人的詩人」。一生創作五百到九百多首詩作，題材多為愛情和美酒，也會批評宗教和世俗統治者的腐敗。

Part 3

表達感情篇

Express Your Love

請翻到 P.1 掃描 QR 碼聽取音檔。

"If I can stop one heart from breaking,
I shall not live in vain."

如果我可以讓一顆心臟停止破碎，我就不會徒勞地活著。

—— Emily Dickinson

〈美國詩人〉埃米莉・狄更生

NO. 41
Jane Austen
Pride And Prejudice
珍・奧斯丁
《傲慢與偏見》

"In vain have I struggled. It will not do. My feelings will not be repressed. You must allow me to tell you how ardently I admire and love you."

我掙扎是徒勞的,都沒有作用。我的感覺將不會被壓抑,你必須要讓我告訴你,我是多麼熱切地欽佩和愛你。

人物介紹

19 世紀英國小說家,作品時常鮮明地描述 19 世紀英國中產階級的生活,展現出當代的小說體裁,代表作有《理性與感性》、《傲慢與偏見》、《曼斯菲爾德莊園》和《艾瑪》等,有些作品到現代已改編成電影,並大受好評。

NO. 42
Plato
柏拉圖

"Every heart sings a song, incomplete, until another heart whispers back. Those who wish to sing always find a song. At the touch of a lover, everyone becomes a poet."

每一顆心都在歌唱，唱一首未完成的歌曲，直至另一顆心輕聲回應為止。想唱歌的人們，總能找到一首歌，在戀人的觸動之下，每個人都成為了詩人。

人物介紹

古希臘哲學家，是蘇格拉底的學生、亞里斯多德的老師，其著作都是以對話的形式記錄下來，三人被視為西方哲學的基礎，並被稱為「西方三聖」或「西方三哲」。

Vocabulary

incomplete **adj.** 未完成的　　whisper **v.** 低語　　poet **n.** 詩人

NO. 43
William Shakespeare
Hamlet

莎士比亞
《哈姆雷特》

"Doubt thou the stars are fire;
Doubt that the sun doth move;
Doubt truth to be a liar;
But never doubt I love."

你懷疑星群是野火；
懷疑太陽是否移動；
懷疑真理是個騙徒；
但永遠不要懷疑我會愛。

人物介紹

16 世紀英國文學重要的戲劇家、文學家，他的
著作至今仍是世人必讀的經典，包含 38 部戲
劇、154 首十四行詩，和其他詩歌。其中《哈
姆雷特》是他知名的悲劇作品，並與其他三個
戲劇《馬克白》、《李爾王》、《奧賽羅》稱為
莎士比亞的四大悲劇。

Vocabulary

thou pron. （第二人稱單數主格）汝
doth aux. 【古】do 的第三人稱單數現在式

NO. 44
Leo Tolstoy
Anna Karenina
列夫・托爾斯泰
《安娜・卡列尼娜》

"I've always loved you, and when you love someone, you love the whole person, just as he or she is, and not as you would like them to be."

我一直都愛著你,而當你愛著某個人,你會愛著那個人的全部,就如同他或她一樣,而不是你想要他們成為的樣子。

人物介紹

19 世紀俄國小說家、劇作家、哲學家,著有許多經典的長篇小說,例如:《戰爭與和平》、《安娜・卡列尼娜》和《復活》,也因此被認定為世界上其中一位最偉大的作家,他多次獲得諾貝爾文學獎,對文學史有重大的影響。

NO. 45
Sappho
莎芙

*"Love shook my heart
Like the wind on the mountain
rushing over the oak trees."*

愛情震撼了我的心，
就像山風一樣
快速吹過橡樹林。

人物介紹

古希臘抒情詩人在古希臘文學中佔有很崇高的地位，並被譽為「女詩人」。莎芙生前寫作一萬多行詩歌，包括情詩、頌神詩等，但只有六百多行被保存下來。莎芙以婉轉、柔情和感性的風格聞名，展現出她對感情、美等觀點的理解。

NO. 46

Victor Hugo
Les Misérables

維克多・雨果
《悲慘世界》

"What Is Love? I have met in the streets a very poor young man who was in love. His hat was old, his coat worn, the water passed through his shoes and the stars through his soul"

什麼是愛情？我曾在街上遇見了一位十分窮困的年輕男子墜入愛河。他的帽子舊了，大衣磨破了，水濕透了他的鞋子，而星星穿透了他的靈魂。

人物介紹 ————————————————————

19 世紀法國詩人、小說家、劇作家，是法國最重要的浪漫主義作家。雨果是浪漫主義運動中具有影響力的領袖，他創作許多詩歌、小說、劇本，代表作有《鐘樓怪人》、《悲慘世界》和詩集等。

Vocabulary

worn adj. 破舊的   pass through phr. 通過，穿過

NO. 47
Emily Brontë
Wuthering Heights
艾蜜莉 · 勃朗特
《咆哮山庄》

"If all else perished, and he remained, I should still continue to be; and if all else remained, and he were annihilated, the universe would turn to a mighty stranger."

如果一切都逝去，而他存活下來，我應該仍會繼續活著；如果一切都留下，而他被消滅，這個宇宙將會變成巨大的陌生人。

人物介紹 ────────

19 世紀英國女作家，著有世界知名文學作品《咆哮山庄》，是勃朗特三姊妹的其中一位，另外兩位姊妹也有知名的文學代表作，分別是安妮 · 勃朗特《阿格尼斯 · 格雷》、夏綠蒂 · 勃朗特《簡 · 愛》。

NO. 48
Alfred Tennyson
阿佛列・丁尼生

"If I had a flower for every time I thought of you...I could walk through my garden forever."

如果每當我擁有一朵花就想起你來…我可能會永遠都在穿越我的花園。

人物介紹

19 世紀英國著名詩人,被認為是維多利亞時代的主要代表詩人,是繼華茲渥斯之後的桂冠詩人。丁尼生的重要作品有《尤利西斯》、《伊諾克・阿登》和《過沙洲》以及詩歌《悼念集》等。

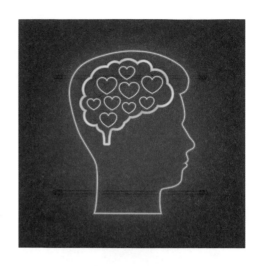

NO. 49

Friedrich Nietzsche
弗里德里希‧尼采

"True, we love life, not because we are used to living, but because we are used to loving. There is always some madness in love. But there is also always some reason in madness."

沒錯，我們熱愛生活，不是因為我們習慣去生活，而是因為我們習慣去愛。愛情裡總是有些瘋狂，但是瘋狂之中也總是有些理智。

人物介紹 ──────────────────

19 世紀末德國古典語言學家和哲學家，對西方哲學思想有深遠的影響，提出許多著名的思想，像是「超人」、「權力意志」或「永恆回歸」等，引發世人對尼采思想進行討論與研究。

Vocabulary

be used to phr. 習慣於～　madness n. 瘋狂　reason n. 原因；理智

John Donne
The Complete English Poems

約翰・多恩
《英文詩歌全集》

"Love, all alike, no season knows nor clime,
Nor hours, days, months, which are the rags of
time."

愛情,都是一樣的,沒有季節,沒有氣候地帶,
也沒有小時、天數和月份,這些都是時間的碎片。

人物介紹

17 世紀英國文藝復興時期的詩人、神父和律師,作品包括十四行詩、愛情詩、宗教詩等,主題涉及愛情、宗教和哲學等,運用許多隱喻和象徵的手法,對這些主題進行探討,對英國文學有深遠的影響。

Vocabulary

alike **adj.** 相似的　　clime **n.** 氣候帶　　rag **n.** 碎布

NO. 51
Rumi
魯米

"When I am with you, we stay up all night.
When you're not here, I can't go to sleep.
Praise God for those two insomnias!
And the difference between them."

我和你一起時，我們總是徹夜未眠。
你不在這裡時，我卻徹夜難眠。
我為了那兩段失眠而讚美神！
也讚美兩種失眠的不同之處。

人物介紹 ─────────

13 世紀伊斯蘭教蘇菲派神祕主義詩人，主
要以波斯語創作，也會用阿拉伯語和土耳
其語創作，使他的作品在波斯文學和土耳
其文學展現出多樣性。在 20 世紀，他的作
品也被傳播到世界各地，並被翻譯成多國
語言。

NO. 52

Emily Dickinson

埃米莉・狄更生

"Love is anterior to life, posterior to death, initial of creation, and the exponent of breath."

愛是生命之前、死亡之後、創造的開端,也是呼吸的提倡者。

人物介紹 ─────

19 世紀美國女詩人,出生於麻薩諸塞州的望族,生前只發表十首詩,而且常常被出版社修改以符合當時的詩歌規則。在狄更生過世後她大量的作品才被發現、公諸於世。她被認為是美國最多產也最具知名的詩人之一。

Vocabulary

anterior **adj.** 以前的　　posterior **adj.** 以後的　　initial **adj.** 開始的

creation **n.** 創造　　exponent **n.** 倡導者

NO. 53
Edgar Allan Poe
Annabel Lee

埃德加・愛倫・坡
《安娜貝爾・李》

"I was a child and she was a child,
In this kingdom by the sea;
But we loved with a love that was more than love—
I and my Annabel Lee;
With a love that the winged seraphs of heaven
Coveted her and me."

我還是個孩子，她也還是個孩子，
在這靠海邊的國度裡；
但我們用超越愛情的方式相愛——
我和我的安娜貝爾・李；
那種愛情使天堂的六翼天使們
也渴望她和我。

人物介紹 ————————

19 世紀美國作家、詩人等，以詩歌和短篇故事為名，主題通常是懸疑和驚悚，對美國文學發展有重要影響。他的代表作有《烏鴉》、《安娜貝爾・李》等，深深觸動人心，並經常在流行音樂、電影中被提及。

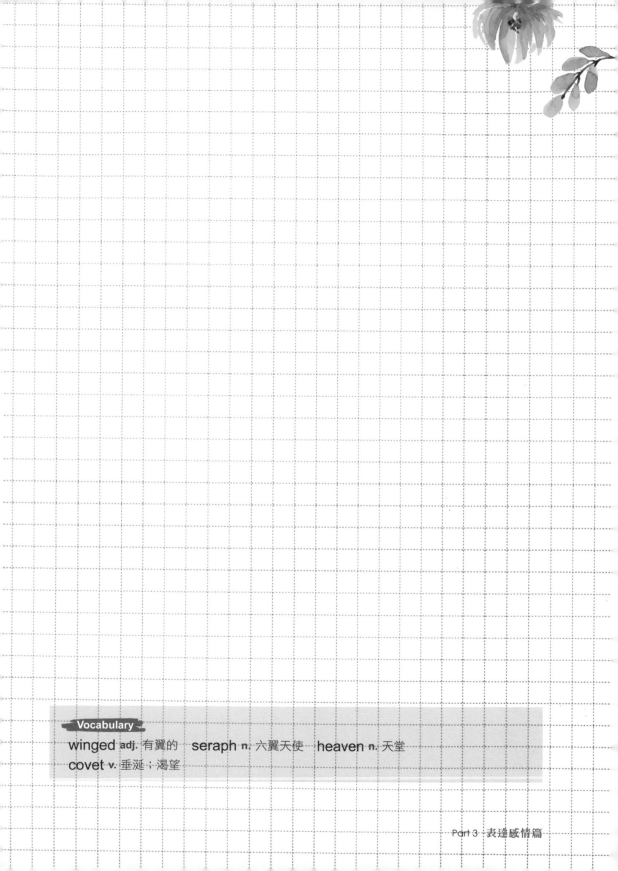

Vocabulary

winged **adj.** 有翼的　seraph **n.** 六翼天使　heaven **n.** 天堂
covet **v.** 垂涎；渴望

NO. 54
Oscar Wilde
奧斯卡・王爾德

"You don't love someone for their looks, or their clothes, or for their fancy car, but because they sing a song only you can hear."

你愛一個人,不是因為他們的外表,他們的衣著,或是他們的豪車,而是因為他們唱著只有你可以聽到的歌曲。

人物介紹 —————

19 世紀愛爾蘭都柏林詩人和劇作家,因為王爾德機智的言談和華麗的服裝、外表,使他成為當時最受歡迎的人物。王爾德的代表作有劇本《不可兒戲》、小說《道林格雷的畫像》、童話集《快樂王子與其它故事》等。

NO. 55

William Shakespeare
Romeo and Juliet

威廉・莎士比亞
《羅密歐與茱麗葉》

"When he shall die,
Take him and cut him out in little stars,
And he will make the face of heaven so fine
That all the world will be in love with night
And pay no worship to the garish sun."

當他去世時，
帶著他、將他剪成小星星，
他會讓天堂的樣貌變得美好，
整個世界都會愛上夜晚，
而不會崇尚耀眼的太陽。

人物介紹

16 世紀英國文學重要的戲劇家、文學家，他的著作至今仍是世人必讀的經典，包含 38 部戲劇、154 首十四行詩，和其他詩歌。其中《哈姆雷特》是他知名的悲劇作品，並與其他三個戲劇《馬克白》、《李爾王》、《奧賽羅》稱為莎士比亞的四大悲劇。

Vocabulary

cut out phr. 剪下～　　heaven n. 天堂　　in love with phr. 與～相愛

worship n. 敬神　　garish adj. 耀眼的

My heart is wherever you are

NO. 56

Christina Rossetti

克里斯蒂娜・羅塞蒂

"Love shall be our token; love be yours and love be mine."

"Ah me, but where are now the songs I sang When life was sweet because you call'd them sweet?"

愛將會是我們的象徵；愛是屬於你的，也是屬於我的。

啊，但是我所唱的那些歌曲現在在哪裡呢？當生活很甜美時，是因為你說它們很甜美。

人物介紹

19 世紀英國詩人，是英國其中一位最重要的女詩人，她從宗教信仰種找到靈感，代表作有《精靈市場》、《王子的進步》等。羅塞蒂也創作童詩《Sing-Song》，並被認為是 19 世紀最傑出的童書。

NO. 57
Charles Dickens
Great Expectations
查爾斯・狄更斯
《遠大前程》

"Once for all; I knew to my sorrow, often and often, if not always, I loved her against reason, against promise, against peace, against hope, against happiness, against all discouragement that could be."

只要一次就好;我悲傷地知道,如果不是總是,我也經常、時常愛著她,違背理性、違背承諾、違背和平、違背希望、違背快樂、違背一切可能會有的沮喪。

人物介紹

19 世紀中期英國作家,被認為是其中一位維多利亞時代最偉大的作家。他在作品中指出社會階級和貧富差距的問題,鮮明的描寫也使得小說更平易近人。代表作有《孤雛淚》、《遠大前程》、《小氣財神》等。

NO. 58

F. Scott Fitzgerald

法蘭西斯・史考特・費茲傑羅

"I fell in love with her courage, her sincerity, and her flaming self respect. And it's these things I'd believe in, even if the whole world indulged in wild suspicions that she wasn't all she should be. I love her and it is the beginning of everything."

我愛上她的勇氣、她的真誠、她激昂的自尊心。這些是我所相信的，即使整個世界沉浸於瘋狂的懷疑那不是她應有的樣子。我愛她，這是一切的開端。

人物介紹

20 世紀美國短篇故事作家、小說家，以描述爵士時代（1920 年代）為知名，其代表作為第三本小說《大亨小傳》，被認為是美國當時社會縮影的代表，在美國文學中占有重要的地位。

NO. 59

Leo Tolstoy
Anna Karenina

列夫・托爾斯泰
《安娜・卡列尼娜》

"Respect was invented to cover the empty place where love should be."

尊重是為了覆蓋愛情應該要存在的空間而被創造出來的。

人物介紹

19 世紀俄國小説家、劇作家、哲學家,著有許多經典的長篇小説,例如:《戰爭與和平》、《安娜・卡列尼娜》和《復活》,也因此被認定為世界上其中一位最偉大的作家,他多次獲得諾貝爾文學獎,對文學史有重大的影響。

NO. 60
Blaise Pascal
布萊茲・帕斯卡

"The heart has its reasons which reason knows nothing of... We know the truth not only by the reason, but by the heart."

心有它的道理，是理智完全無法理解的…我們不僅能用理性去認識真理，也能用心去體會。

人物介紹

17 世紀法國神學家、哲學家、物理學家等，早期對數學和物理領域提出許多重要理論、有諸多貢獻，日後接觸到神學和哲學便離開數學和物理學，而專注在哲學寫作上，代表作有《思想錄》、《致外省人書》等。

Vocabulary

heart n. 內心　reason n. 原因；理由

Part 4

鼓舞人心篇

Inspire Your Heart

請翻到P.1掃描QR碼聽取音檔。

"Kind word don't cost much. Yet they accomplish much."

溫暖的話語並不會花費很多，卻能完成很多事。

—— *Blaise Pascal*

〈法國神學家〉布萊茲 · 帕斯卡

NO. 61

George Eliot

喬治‧艾略特

"It is never too late to be what you might have been."

成為你曾經可能會成為的人，永遠都不會太晚。

人物介紹 ────────────

19 世紀英國作家、詩人等，本名是 Mary Ann Evans，筆名則是 George Eliot，代表作包括《佛羅斯河畔上的磨坊》和《米德爾馬契》等，並以寫實主義、心理洞察力，和細膩描寫的風格而聞名。

NO. 62

Thomas Edison

湯瑪斯・愛迪生

"Genius is one percent inspiration, ninety-nine percent perspiration."

"I have not failed. I've just found 10,000 ways that won't work."

天才是靠白分之一的靈感和百分之九十九的汗水所構築而成的。

我還沒失敗，我只是找到了一萬種不可行的方法而已。

人物介紹

19、20 世紀美國發明家，擁有 1093 項專利，愛迪生的發明對科技發展有重大的影響，例如：電燈泡、留聲機、直流電系統等。此外，他也打造了世界第一座工業研究實驗室。

NO. 63

Gustave Flaubert

古斯塔夫・福樓拜

"Do not read, as children do, to amuse yourself, or like the ambitious, for the purpose of instruction. No, read in order to live."

不要像孩子一樣只是為了娛樂自己而閱讀,也不要像有野心的人那樣為了教導的目的而閱讀。不是的,要為了生活而閱讀。

人物介紹

19 世紀法國文學家,知名著作有《包法利夫人》、《情感教育》等,其中《包法利夫人》為影響後世深遠的文學著作,被視為「新藝術的法典」。福樓拜認真對待作品的字字句句,甚至會為了寫作真實情節認真研究醫療著作,因此在法國文學史上也承襲了寫實主義,亦影響了日後自然主義的作家。

Vocabulary

amuse v. 使開心　ambitious adj. 有雄心的　purpose n. 目的
instruction n. 教導

NO. 64

Jonathan Swift

強納森・史威夫特

"May you live every day of your life."

"Words are the clothing of our thoughts."

願你每天都能活出自己的人生。

話語是我們思想的外衣。

人物介紹

18 世紀愛爾蘭作家和神職人員，並以諷刺文學為名，以寓言和諷刺的方式揭示社會的弊端和人性的缺陷，代表作有《格列佛遊記》、《木桶的故事》等，其中《格列佛遊記》到現在仍被後人廣泛閱讀與研究。

Vocabulary

may aux. （表示希望，祝願等）祝，願　　**clothing** n. 衣服

NO. 65
Vincent Van Gogh
文森・梵谷

"It is good to love many things, for therein lies the true strength, and whosoever loves much performs much, and can accomplish much, and what is done in love is well done."

熱愛許多事物是好的，因為在那之中蘊含著真正的力量，愛很多的人會做很多事，也能完成很多事，並且在熱愛中所做的事會做得很好。

人物介紹

19 世紀荷蘭後印象派畫家，有許多知名畫作如：《星夜》、《向日葵》等，這些畫作至今已經成為世界名畫。梵谷到 27 歲才成為畫家，接觸到印象派和新印象派後，開始將鮮豔的色彩融入到作品中。然而梵谷在生前作品並不受重視，他也飽受精神疾病和貧窮之苦，最後在 37 歲時自殺。

Vocabulary

therein adv. 在那方面   lie v. 在於～   strength n. 力量   accomplish v. 完成

NO. 66

Marcus Aurelius
Meditations

馬可・奧理略
《沉思錄》

"You have power over your mind – not outside events. Realize this, and you will find strength."

你對你的內心有著力量，而不是對外在的事物。明白這個道理，你將會找到力量。

人物介紹

羅馬帝國五賢帝的最後一位羅馬皇帝，擁有「哲學家皇帝」的稱號。除了是羅馬帝國的君王，奧理略也是斯多葛學派的哲學家，並以希臘文撰寫哲學著作《沉思錄》，直到今日仍廣為流傳、影響深遠。

Vocabulary

power n. 能力　event n. 事件　strength n. 力量

NO. 67

Johann Wolfgang von Goethe

約翰・沃夫岡・馮・歌德

"If you treat an individual as he is, he will remain how he is. But if you treat him as if he were what he ought to be and could be, he will become what he ought to be and could be."

如果你待一個人如同他所處於的樣子，他就會維持原樣。但倘若你對待他如同他應該和可能成為的樣子，那他將會變成他應該和可能成為的樣子。

人物介紹

神聖羅馬帝國法蘭克福時期的戲劇家、詩人等，創作許多戲劇、詩歌、文學作品，被廣泛認為是德語文學最偉大和最具影響力的作家，對西方文學有深遠的影響。代表作有：《浮士德》、《少年維特的煩惱》、《威廉・邁斯特的學習年代》等。

NO. 68

Thomas Jefferson

湯瑪斯・傑弗遜

"Do you want to know who you are? Don't ask. Act! Action will delineate and define you."

你想要知道你是誰嗎？不要問，行動吧！行動將描繪並定義你這個人。

人物介紹

美國開國元勳、第三任總統，也是《美國獨立宣言》的起草人。除了從事政治工作，傑弗遜也對許多學科的專家，例如農學、園藝學、建築學等。而他也是維吉尼亞大學的創辦人。

NO. 69

F. Scott Fitzgerald

法蘭西斯 · 史考特 · 費茲傑羅

"It was only a sunny smile, and little it cost in the giving, but like morning light it scattered the night and made the day worth living."

這只是一抹陽光般的微笑，付出的代價很微少，但它就像晨光一樣驅散黑夜，讓白天值得活下去。

 人物介紹

20 世紀美國短篇故事作家、小說家，以描述爵士時代（1920 年代）為知名，其代表作為第三本小說《大亨小傳》，被認為是美國當時社會縮影的代表，在美國文學中占有重要的地位。

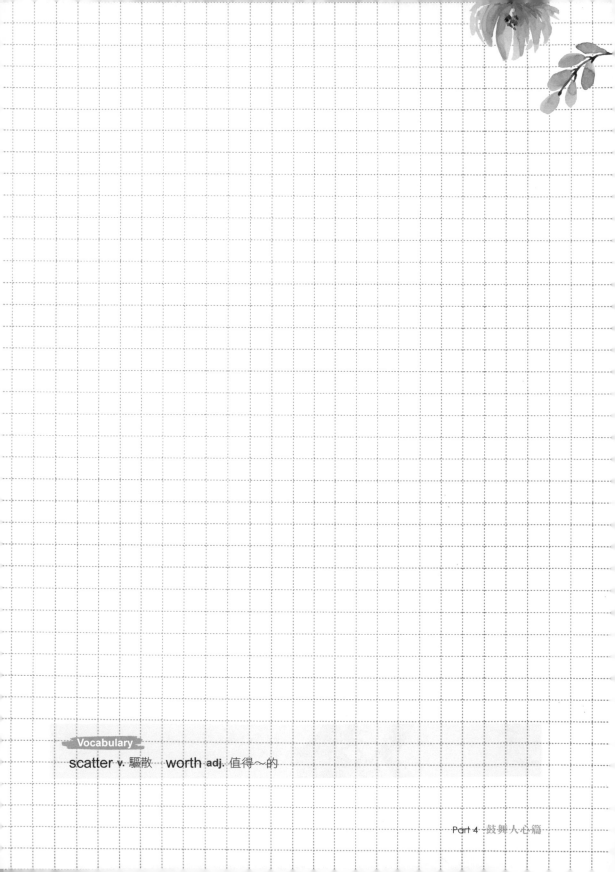

NO. 70

William Blake
Auguries of Innocence
威廉・布萊克
《純真的預言》

"To see a World in a Grain of Sand
And a Heaven in a Wild Flower,
Hold Infinity in the palm of your hand
And Eternity in an hour."

從一粒沙看見世界，
從一朵花看見天堂，
在掌心中掌握無限，
將永恆掌握於一時。

人物介紹

18、19 世紀英國詩人、畫家、版畫家，有生之年沒有出名，甚至被當代的人視為瘋子，並在過世後才被視為浪漫時代的詩人和視覺藝術的代表人物，獲得評論家的高度評價。他的代表作為《天真與經驗之歌》、《天堂與地獄的婚姻》等。

NEW day NEW start

NO. 71

L.M. Montgomery

露西・莫德・蒙哥馬利

"Isn't it nice to think that tomorrow is a new day with no mistakes in it yet?"

想著明天是全新並且還沒有任何錯誤的一天，不是很美好嗎？

人物介紹 ————————————————

19 世紀末加拿大作家，寫作小説、短篇故事、詩等，代表作《清秀佳人》一出版就大受歡迎，蒙哥馬利大部分的小説背景設定在愛德華王子島省，而那些在小説出現的地點也變成地標和熱門旅遊景點。

NO. 72

Lewis Carroll
Alice's Adventures in Wonderland / Through the Looking Glass

路易斯・卡羅
《愛麗絲鏡中奇遇》

"I could tell you my adventures—beginning from this morning," said Alice a little timidly; "but it's no use going back to yesterday, because I was a different person then."

「我可以告訴你，我的冒險從今天早上開始，」愛麗絲有點膽怯地說道：「但是回到昨天是沒用的，因為那時的我是不同的人。」

人物介紹

19 世紀英國作家，本名查爾斯・道奇森，筆名路易斯・卡羅，是兒童文學《愛麗絲夢遊仙境》、《愛麗絲鏡中奇遇》的作者，這兩部作品充滿奇幻、天馬行空的劇情，是兒童文學的重要著作。

NO. 73

John Milton
Paradise Lost
約翰・米爾頓
《失樂園》

"The mind is its own place, and in itself can make a heaven of hell, a hell of heaven."

頭腦有自己的領域，而它本身能將天堂變成地獄，也能將地獄變成天堂。

人物介紹

17 世紀英國的重要詩人和政治家，被譽為其中一位英國文學的偉大人物。他的代表作有《失樂園》、《復樂園》等。而米爾頓的《論出版自由》也被認為是出版自由的經典，並翻譯成多國語言流傳至今。

Vocabulary

mind n. 頭腦　place n. 地點；地區　heaven n. 天堂　hell n. 地獄

NO. 74

Mark Twain

馬克・吐溫

"Plain question and plain answer make the shortest road out of most perplexities."

簡單的問題和明確的答案讓我們以最短的路徑走出大部分的困境。

人物介紹

19 世紀美國作家、演說家、幽默大師,文風機智幽默、也會對社會進行批判反思,作品量非常龐大,其代表作《湯姆歷險記》和《頑童流浪記》,這些作品流傳至今仍是膾炙人口的故事。

NO. 75

Emily Dickinson
"Hope" is the thing with feathers

埃米莉・狄更生
《希望是有羽毛的東西》

"Hope is the thing with feathers
That perches in the soul
And sings the tune without the words
And never stops at all."

希望是有羽毛的東西，
棲息在靈魂之中，
唱著沒有歌詞的曲調，
並永不止息。

人物介紹

19 世紀美國女詩人，出生於麻薩諸塞州的
望族，生前只發表過十首詩，而且常常被
出版社修改以符合當時的詩歌規則。在狄
更生過世後她大量的作品才被發現、公諸
於世。她被認為是美國最多產也最具知名
的詩人之一。

NO. 76
Alexandre Dumas
大仲馬

"Life is a storm, my young friend. You will bask in the sunlight one moment, be shattered on the rocks the next. What makes you a man is what you do when that storm comes."

生活是一場暴風雨，我的年輕朋友。你在一個瞬間還沐浴在陽光之中，卻在下個瞬間被石頭砸個粉碎。而讓你成為大人的是，你在暴風雨來臨時所做的事。

人物介紹

19 世紀法國劇作家、文學家，是《基督山恩仇記》和《三劍客》的作者，寫作許多知名的歷史小説、浪漫主義類型作品。大仲馬的長子小仲馬也是法國的知名作家，代表作為《茶花女》。

GOOD
THINGS
ARE
COMING

NO. 77

Alfred Tennyson

阿佛列・丁尼生

''Hope
Smiles from the threshold of the year to come,
Whispering 'it will be happier'...''

希望
從即將到來的新年起點微笑著，
輕聲地說：『將會更快樂的』…

人物介紹

19 世紀英國著名詩人，被認為是維多利亞
時代的主要代表詩人，是繼華茲渥斯之後
的桂冠詩人。丁尼生的重要作品有《尤利西
斯》、《伊諾克・阿登》和《過沙洲》以及
詩歌《悼念集》等。

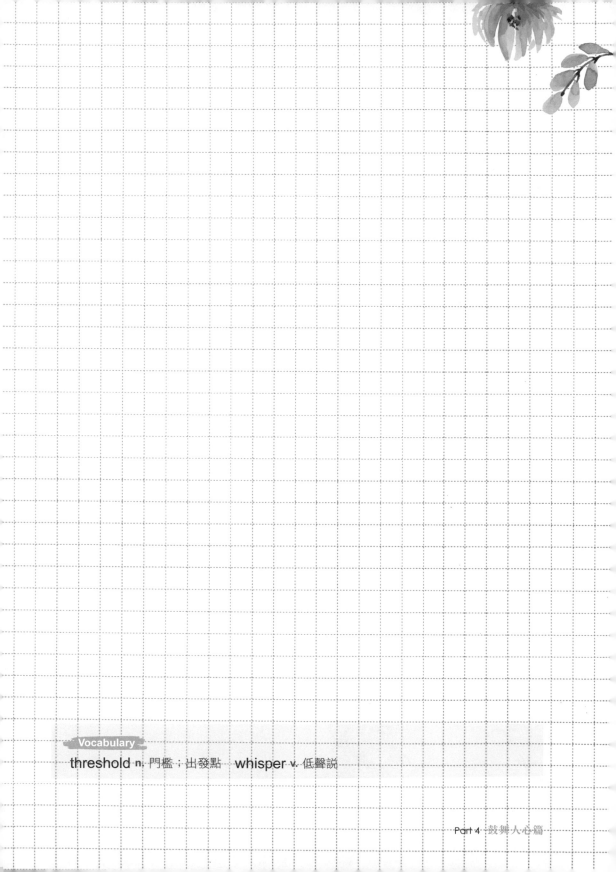

Vocabulary

threshold n. 門檻；出發點　whisper v. 低聲說

NO. 78

Rabindranath Tagore
Stray Birds

羅賓德拉納特・泰戈爾
《漂鳥集》

"Clouds come floating into my life, no longer to carry rain or usher storm, but to add color to my sunset sky."

雲朵飄浮進我的生活中，不再帶來雨水或迎來風雨，而是為我的落日天空中增添色彩。

人物介紹

20 世紀英屬印度詩人、音樂家、哲學家等，並引進了新的散文和詩歌形式、以及口語使用到孟加拉文學中，也將印度的文化介紹到西方。在 1913 年，泰戈爾以《吉檀迦利》榮獲諾貝爾文學獎，成為第一位獲獎的亞洲人。

Vocabulary

float v. 浮   usher v. 迎接   sunset n. 日落時分

NO. 79

Leonardo da Vinci

李奧納多・達文西

"Once you have tasted flight, you will forever walk the earth with your eyes turned skyward, for there you have been, and there you will always long to return."

一旦你已經體驗過飛行，你將永遠走在地面上、將眼睛看向天空，因為你曾經到過那種境界，你也會總是渴望回到那種境界。

人物介紹

15 世紀義大利文藝復興時期的博學家、畫家、雕刻家、建築師、發明家等，達文西的代表畫作《最後的晚餐》和《蒙娜麗莎》是文藝復興時期最具影響力的畫作，而他的手稿中也有許多超前好幾世紀的發明，對許多領域都有重要的影響。

Leo Tolstoy

列夫・托爾斯泰

"I wanted movement and not a calm course of existence. I wanted excitement and danger and the chance to sacrifice myself for my love."

我想要流動而不是平靜的生活過程。我想要刺激和危險,並有機會為我的摯愛犧牲自己。

人物介紹 ————————————————————

19 世紀俄國小說家、劇作家、哲學家,著有許多經典的長篇小說,例如:《戰爭與和平》、《安娜・卡列尼娜》和《復活》,也因此被認定為世界上其中一位最偉大的作家,他多次獲得諾貝爾文學獎,對文學史有重大的影響。

movement n. 動作；流動　course n. 進程　existence n. 存在；生活
sacrifice v. 犧牲

Part 5

擁抱自然篇

Embrace Nature

請翻到 P.1 掃描 QR 碼聽取音檔。

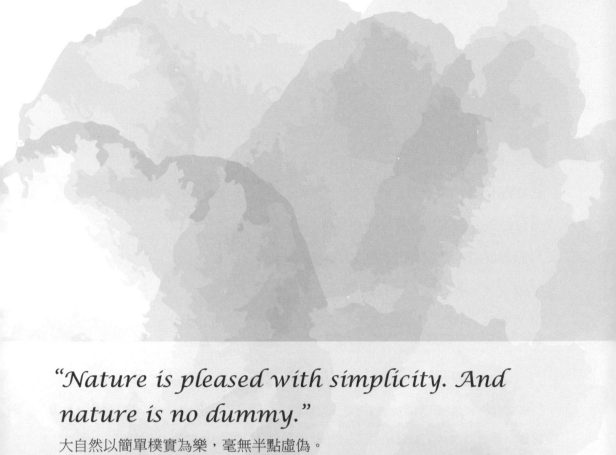

"Nature is pleased with simplicity. And nature is no dummy."

大自然以簡單樸實為樂，毫無半點虛偽。

—— *Isaac Newton*

〈物理學家〉艾薩克‧牛頓

NO. 81

Lewis Carroll
Alice's Adventures in Wonderland / Through the Looking-Glass

路易斯・卡羅
《愛麗絲鏡中奇遇》

''I wonder if the snow loves the trees and fields, that it kisses them so gently? And then it covers them up snug, you know, with a white quilt; and perhaps it says, "Go to sleep, darlings, till the summer comes again.''

我想知道雪是否愛著樹木和原野，它是如此輕柔地親吻他們？接著你知道雪用白色的被子溫暖舒適地蓋住它們；或許它會說：「去睡吧親愛的，直到夏天再次到來。」

人物介紹

19 世紀英國作家，本名查爾斯・道奇森，筆名路易斯・卡羅，是兒童文學《愛麗絲夢遊仙境》、《愛麗絲鏡中奇遇》的作者，這兩部作品充滿奇幻、天馬行空的劇情，是兒童文學的重要著作。

Vocabulary

field n. 原野   gently adv. 溫柔地   snug adj. 溫暖舒適的   quilt n. 被子

NO. 82

Henry David Thoreau
Walden

亨利・大衛・梭羅
《湖濱散記》

"Live in each season as it passes; breathe the air, drink the drink, taste the fruit, and resign yourself to the influence of the earth."

活在每個季節的更迭之中；呼吸著空氣，啜飲著飲料，品嚐著水果，讓自己順從於大地的影響力之中。

人物介紹

19 世紀美國作家、哲學家，在 1845 年獨自居住在瓦登湖畔，體驗兩年離群索居的生活試驗，並在 1854 年出版他最著名的散文集《湖濱散記》。另一個代表作《論公民的不服從》也影響了聖雄甘地、馬丁・路德・金恩二世等民權運動領袖。

NO. 83

Gustave Flaubert
November

古斯塔夫・福樓拜
《十一月》

"I tried to discover, in the rumor of forests and waves, words that other men could not hear, and I pricked up my ears to listen to the revelation of their harmony."

我試著發現在森林和浪潮的咕噥中其他人無法聽見的話語，我豎起耳朵去傾聽著他們和諧的揭示。

人物介紹

19 世紀法國文學家，知名著作有《包法利夫人》、《情感教育》等，其中《包法利夫人》為影響後世深遠的文學著作，被視為「新藝術的法典」。福樓拜認真對待作品的每字每句，甚至會為了寫作真實情節認真研究醫療著作，因此在法國文學史上也承襲了寫實主義，亦影響了日後自然主義的作家。

Vocabulary

discover v. 發現　rumor n. 咕噥，喃喃低語　prick up phr. 豎起～
revelation n. 揭示　harmony n. 和諧

NO. 84
John Donne
The Complete Poetry and Selected Prose
約翰・多恩
《詩歌全集與精選散文》

"No spring nor summer beauty hath such grace as I have seen in one autumnal face."
[The Autumnal]

春天和夏天的美麗，皆不及我曾見過的秋天面貌所擁有如此的優雅。
【秋天】

人物介紹

17 世紀英國文藝復興時期的詩人、神父和律師，作品包括十四行詩、愛情詩、宗教詩等，主題涉及愛情、宗教和哲學等，運用許多隱喻和象徵的手法，對這些主題進行探討，對英國文學有深遠的影響。

NO. 85
Nathaniel Hawthorne
納撒尼爾・霍桑

"I cannot endure to waste anything so precious as autumnal sunshine by staying in the house."
[Notebook, Oct. 10, 1842]

我不能忍受待在房子裡,浪費任何像秋天的陽光般如此寶貴的事物。
【筆記本,1842 年 10 月 10 日】

人物介紹 ————————————

19 世紀美國小説家,以隱喻為特色,並以浪漫主義和暗黑浪漫主義為主。霍桑的代表作是《紅字》,並深入探討守法主義、原罪和內疚,對美國文學有深遠的影響,被視為美國文學的代表人物。

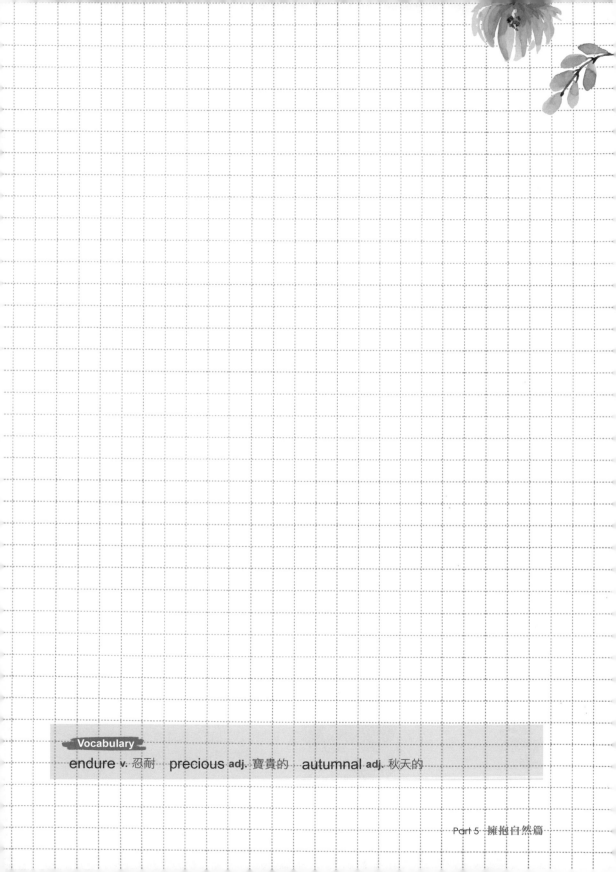

Vocabulary

endure v. 忍耐   precious adj. 寶貴的   autumnal adj. 秋天的

NO. 86

John Muir
The Mountains of California

約翰・繆爾
《加州山脈》

"Climb the mountains and get their good tidings. Nature's peace will flow into you as sunshine flows into trees. The winds will blow their own freshness into you, and the storms their energy, while cares will drop away from you like the leaves of Autumn."

爬山並得到他們的好消息,自然的平和會流進你的體內,如同陽光流入樹林一樣。風會將清新吹進你的體內,而暴風雨將能量注入你的體內,同時煩惱會從你身上逐漸消逝,就像秋天的葉子一樣。

人物介紹

19 世紀美國早期的環保運動領袖,寫作體裁為自然寫作,繆爾為環保運動注入許多心力,促使美國優勝美地成為國家公園,保護當地的自然生態資源。他的著作和思想對現代環保運動有深遠的影響。

NO. 87

Anton Chekhov

安東‧契訶夫

''These people have learned not from books, but in the fields, in the wood, on the river bank. Their teachers have been the birds themselves, when they sang to them, the sun when it left a glow of crimson behind it at setting, the very trees, and wild herbs.''

這些人不是從書本中學習過,而是在原野裡、樹林中、河岸上學習。他們的老師是對他們歌唱的鳥兒、在日落留下深紅色光輝的太陽、樹木和雜草。

人物介紹 ————————————————————

19 世紀末俄羅斯劇作家和現代短篇小說大師,並對 20 世紀的現代戲劇有深遠的影響,以精煉的語言和準確描述細節為特色,寫出當時社會的生活百態,代表作有《苦悶》、《小公務員之死》、《跳來跳去的女人》等。

Vocabulary

river bank **phr.** 河岸   glow **n.** 光亮   crimson **n.** 暗紅色   set **v.** 落下
herb **n.** 草本植物

NO. 88
Louisa May Alcott
A Long Fatal Love Chase
露意莎‧梅‧奧爾柯特
《致命的愛情追逐》

"Wild roses are fairest, and nature a better gardener than art."

野玫瑰是最美麗的,而大自然是比藝術更出色的園丁。

人物介紹

19 世紀美國小說家,擅長寫作兒童文學與小說,知名代表作為《小婦人》,以童年經歷為基礎寫作而成,是半自傳式的作品。除了《小婦人》也寫作一系列家聽故事的作品,如《好妻子》、《小紳士》等。

NO. 89
Lord Byron
拜倫勳爵

"There is a pleasure in the pathless woods,
There is a rapture on the lonely shore,
There is society, where none intrudes,
By the deep sea, and music in its roar:
I love not man the less, but Nature more"

無路的叢林中有種快樂，
寂靜的海岸邊有種著迷，
有一種沒有人侵擾的社會，
在深海邊，海呼嘯的音樂中；
我沒有較少愛人，只是更愛自然。

人物介紹

19 世紀英國浪漫主義詩人、諷刺作家，本名喬治·戈登·拜倫，是第六代拜倫男爵，當時被稱為「拜倫勳爵」。代表作品有《唐璜》和《恰爾德·哈洛爾德遊記》等，其中《唐璜》是英國諷刺文學史詩。

NO. 90
Robert Frost
Nothing Gold Can Stay
羅伯特・佛洛斯特
《沒有黃金可以留下》

''Nature's first green is gold,
Her hardest hue to hold.
Her early leaf's a flower;
But only so an hour.
Then leaf subsides to leaf.
So Eden sank to grief,
So dawn goes down to day.
Nothing gold can stay.''

大自然最初的綠是金色，
她最難維持的色調。
她的初葉就像花朵；
但只維持一個小時。
接著葉子消退成另一片葉子。
於是伊甸園陷入悲傷，
所以黎明度過了白晝，
沒有黃金可以留下。

人物介紹 —————
20 世紀美國詩人，他的作品與 19 世紀末浪漫主義的詩歌不同，常描述在新英格蘭的農村生活而受到推崇，以美國口語進行演講，並獲得四次普立茲獎。代表作有《男孩的意志》、《波士頓北部》等。

NO. 91
Ralph Waldo Emerson
Nature and Selected Essays

拉爾夫・沃爾多・愛默生
《自然與文集》

"If the stars should appear one night in a thousand years, how would men believe and adore; and preserve for many generations the remembrance of the city of God which had been shown! But every night come out these envoys of beauty, and light the universe with their admonishing smile."

如果星星應該出現在一千年的某個夜晚，人們會如何相信和崇拜；並為世世代代保存對上帝之城所展現出的記憶！但是每天晚上這些美麗的使者都會出現，用他們勸誡的微笑照亮宇宙。

 人物介紹

19 世紀美國思想家、文學家，新英格蘭超驗主義的重要倡導者，是美國重要的文學和哲學運動，也被視為「美國文藝復興」，他的第一本小品文《論自然》成為超驗主義的基本原則。

NO. 92
William Blake
威廉・布萊克

"The tree which moves some to tears of joy is in the eyes of others only a green thing that stands in the way. Some see nature all ridicule and deformity... and some scarce see nature at all. But to the eyes of the man of imagination, nature is imagination itself."

這棵能讓某些人喜極而泣的樹，在他人眼裡也許只是立在那裡的綠色東西。有些人把大自然看作全是嘲弄和畸形…而有些人幾乎不去看大自然，但在具有想像力的人眼裡，大自然就是創造力本身。

人物介紹

18、19 世紀英國詩人、畫家、版畫家，有生之年沒有出名，甚至被當代的人視為瘋子，並在過世後才被視為浪漫時代的詩人和視覺藝術的代表人物，獲得評論家的高度評價。他的代表作為《天真與經驗之歌》、《天堂與地獄的婚姻》等。

NO. 93

John Lubbock
The Use Of Life

第一代埃夫伯里男爵約翰·盧伯克
《生命的使用》

''Rest is not idleness, and to lie sometimes on the grass under trees on a summer's day, listening to the murmur of the water, or watching the clouds float across the sky, is by no means a waste of time.''

休息不是閒散,在夏日躺在樹下的草地上,聽著潺潺流水聲,或是看著雲朵在天空中飄浮,絕對不是浪費時間。

人物介紹

19 世紀英國銀行家、自由黨政治家、科學家、博物學家,在考古學和生物學有許多重要成就,他創造了「舊石器時代」和「新石器時代」兩個重要的考古學術語;此外盧伯克也撰寫許多生物學的著作,對這些領域有重要影響。

NO. 94

Leonardo da Vinci

李奧納多・達文西

"A painter should begin every canvas with a wash of black, because all things in nature are dark except where exposed by the light."

畫家應該要在每一張畫布都先塗上一層黑色塗料,因為大自然的所有事物皆是黑暗的,除了被光所暴露的地方。

人物介紹

15 世紀義大利文藝復興時期的博學家、畫家、雕刻家、建築師、發明家等,達文西的代表畫作《最後的晚餐》和《蒙娜麗莎》是文藝復興時期最具影響力的畫作,而他的手稿也有許多超前好幾世紀的發明,對許多領域都有重要的影響。

NO. 95

William Shakespeare
A Midsummer Night's Dream
威廉・莎士比亞
《仲夏夜之夢》

"I know a bank where the wild thyme blows,
Where oxlips and the nodding violet grows,
Quite over-canopied with luscious woodbine,
With sweet musk-roses and with eglantine."

我知道有個河岸開著野百里香，
櫻草和海豚花在那裡生長著，
香甜的忍冬花兒完全覆蓋著，
還有甜美的麝香薔薇和野薔薇。

人物介紹

16 世紀英國文學重要的戲劇家、文學家，他的著作至今仍是大家必讀的經典，包含 38 部戲劇、154 首十四行詩，和其他詩歌。其中《哈姆雷特》是他知名的悲劇作品，並與其他三個戲劇《馬克白》、《李爾王》、《奧賽羅》稱為莎士比亞的四大悲劇。

NO. 96

Charlotte Brontë
Jane Eyre

夏綠蒂・勃朗特
《簡・愛》

"We know that God is everywhere; but certainly we feel His presence most when His works are on the grandest scale spread before us; and it is in the unclouded night-sky, where His worlds wheel their silent course, that we read clearest His infinitude, His omnipotence, His omnipresence."

我們知道上帝無所不在;但是當祂的作品以最宏偉的規模展示在我們面前時,我們肯定最能感覺到祂的存在。在無雲的夜空中,祂的世界在無聲的軌道轉動,我們最能清晰地讀到祂的無限、全能、無所不在。

人物介紹

19 世紀英國女作家,著有世界知名文學作品《簡・愛》,是勃朗特三姊妹的其中一位,另外兩位姊妹也有知名的文學代表作,分別是艾蜜莉・勃朗特《咆哮山庄》、安妮・勃朗特《荒野莊園的房客》。

NO. 97

Rainer Maria Rilke
Letters to a Young Poet

萊納‧瑪利亞‧里爾克
《致一位年輕詩人的信》

"If you will stay close to nature, to its simplicity, to the small things hardly noticeable, those things can unexpectedly become great and immeasurable."

如果你接近大自然，親近它的簡樸，靠近難以讓人注意到的小東西，那些東西可能會出乎意料地變得偉大又無法計量。

人物介紹

19 世紀德國詩人，主要以德文創作詩歌，也有以法文寫作的作品，是德國文學重要的詩人。他的代表作《杜伊諾哀歌》和《至奧菲斯的十四行詩》受到世界各地矚目，對 19 世紀末的詩歌體裁和風格有重要的影響。

Vocabulary

simplicity n. 簡單　noticeable adj. 明顯的　unexpectedly adv. 意外地
immeasurable adj. 不可計量的

Thomas Huxley
Life and Letters of Thomas Henry Huxley - Volume 1

湯瑪斯・赫胥黎
《湯馬斯・亨利・赫胥黎的生平與書信—第 1 卷》

"Sit down before fact as a little child, be prepared to give up every preconceived notion, follow humbly wherever and to whatever abysses nature leads, or you shall learn nothing. I have only begun to learn content and peace of mind since I have resolved at all risks to do this."

像個小孩一樣在事實面前坐著，準備好放棄每個先入為主的概念，謙虛地遵循自然所引導的任何地方和任何深淵，否則你將一無所獲。自從我下定決心不計一切風險這麼做後，我才開始學到內心的滿足以及和平。

人物介紹

19 世紀英國生物學家，不可知論的提倡者和創造者，並以此表達他對宗教的態度。而赫胥黎也是達爾文演化論的捍衛者，因此被人稱為「達爾文的鬥牛犬」。赫胥黎也進行了許多生物的研究，這些研究使他在生物學領域的貢獻占有一席之地。

Vocabulary

preconceived **adj.** 預先形成的　notion **n.** 觀念；概念　humbly **adv.** 謙遜地
abyss **n.** 深淵　content **n.** 滿足　resolve **v.** 下決心

NO. 99

William Wordsworth
Lines Composed a Few Miles Above Tintern Abbey

威廉・華茲渥斯
《丁騰修道院上方幾英里組成的路線》

"For I have learned to look on nature, not as in the hour of thoughtless youth; but hearing oftentimes the still, sad music of humanity."

由於我已經學會看待大自然，不會像年少輕狂的時期一樣；而是時常聽到人類寂靜又悲傷的音樂。

人物介紹

19 世紀英國浪漫主義詩人，曾經擔任英國桂冠詩人，與另一位英國詩人柯勒律治合著詩集《抒情歌謠集》等，此詩集常被視為是浪漫主義運動的發起，是浪漫主義的核心人物。華茲渥斯的代表作有長詩《序曲》、《漫遊》等。

NO. 100

Percy Bysshe Shelley
Shelley On Love: Selected Writings

珀西・比希・雪萊
《雪萊論愛情：文選》

"Hence in solitude, or that deserted state when we are surrounded by human beings and yet they sympathize not with us, we love the flowers, the grass, the waters, and the sky. In the motion of the very leaves of spring, in the blue air, there is then found a secret correspondence with our heart."

因此在孤獨中，或是那樣被拋棄的狀態下，我們被人群包圍，而他們卻對我們沒有同理心時，我們會喜愛花朵、小草、水和天空。在春天綠葉的擺動下，在蔚藍的空氣中，接著我們找到了與心靈一致的秘密。

人物介紹 ─────────

19 世紀英國浪漫主義詩人、劇作家、散文家，熱衷於追求愛情和社會正義，雪萊將他的行動寫成詩歌，這些創作都成為偉大的英文文學著作。雪萊有許多主要的詩歌、劇本、散文作品，例如：《愛爾蘭人之歌》、《倩契》、《無神論的必然》等。

Part 6

會心一笑篇

Add Some Humor

請翻到 P.1 掃描 QR 碼聽取音檔。

"A day without laughter is a day wasted."
沒有笑聲的一天是浪費的一天。

—— Nicolas Chamfort
〈法國作家〉尼古拉 · 尚福爾

NO. 101
Gertrude Stein
葛楚・史坦

"It takes a lot of time to be a genius. You have to sit around so much, doing nothing, really doing nothing."

"Everybody gets so much information all day long that they lose their common sense."

成為天才要花很多時間，你必須經常無所事事地坐在那裡，什麼事都不做，真的什麼事都不用做。

每個人一整天都接受了大量的資訊，然而他們卻失去了自己的常識。

人物介紹
19 世紀末美國作家、詩人、藝術收藏家，是前衛文學和藝術的提倡者，史坦於第一次世界大戰和第二次世界大戰期間與主流藝術家、作家在巴黎舉辦沙龍，並與這些藝術家、作家一起領導文學和藝術的現代主義發展。

Vocabulary

genius n. 天才   sit around phr. 無所事事地閒坐   common sense phr. 常識

NO. 102

H.L. Mencken
亨利・路易斯・孟肯

"The older I grow, the more I distrust the familiar doctrine that age brings wisdom."

"I know some who are constantly drunk on books as other men are drunk on whiskey."

我年紀越大，就越不信任年齡帶來智慧這種常見的學說。

我知道有些人不斷沉醉在書本中，同時也有其他人沉醉在威士忌裡。

人物介紹

20 世紀美國記者、諷刺作家、文化評論家，他敏銳的批評對 1920 年代的美國小說有重要的影響。孟肯在 1919 年出版了《美國語言》，探討美式英文的變化，對美國文化有深遠的影響和貢獻。

Vocabulary

distrust v. 不信任　familar adj. 熟悉的；常見的　doctrine n. 教義；學說
constantly adv. 不斷地

NO. 103
Oscar Wilde
奧斯卡・王爾德

''There are only two kinds of people who are really fascinating: people who know absolutely everything, and people who know absolutely nothing.''

''I always pass on good advice. It is the only thing to do with it. It is never of any use to oneself.''

只有兩種人真的令人著迷：無所不知的人，以及一無所知的人。

我總是在傳達好建議，這是唯一可以利用這個建議所做的事情，對自己卻從來沒有任何用處。

人物介紹 ─────────────────

19 世紀愛爾蘭都柏林詩人和劇作家，因為王爾德機智的言談和華麗的服裝、外表，使他成為當時最受歡迎的人物。王爾德的代表作有劇本《不可兒戲》、小說《道林格雷的畫像》、童話集《快樂王子與其它故事》等。

Vocabulary

fascinating adj. 迷人的　absolutely adv. 絕對地　pass v. 傳遞

Part 6　會心一笑篇

NO. 104

Mark Twain

馬克・吐溫

"When we remember we are all mad, the mysteries disappear and life stands explained."

"A clear conscience is the sure sign of a bad memory."

當我們記得我們全都瘋狂的時候，謎團就會消失，而生活也得到解釋。

問心無愧是記性差的明確徵兆。

人物介紹

19 世紀美國作家、演說家、幽默大師，文風機智幽默、也會對社會進行批判反思，作品量非常龐大，其代表作《湯姆歷險記》和《頑童流浪記》，流傳至今仍是膾炙人口的故事。

NO. 105

Jane Austen
Pride and Prejudice

珍・奧斯丁
《傲慢與偏見》

"I am the happiest creature in the world. Perhaps other people have said so before, but not one with such justice. I am happier even than Jane; she only smiles, I laugh."

我是世界上最幸福的生物，或許其他人之前也曾這麼說過，但沒有人比我更加有正當的理由。我甚至比珍還要快樂，她只是微笑，我則是大笑。

※譯註：此處提到的 Jane 為《傲慢與偏見》女主角 Elizabeth Bennet 的長姐 Jane Bennet。

人物介紹 ────

19 世紀英國小說家，作品時常鮮明地描述 19 世紀英國中產階級的生活，展現出當代的小說體裁，代表作有《理性與感性》、《傲慢與偏見》、《曼斯菲爾德莊園》和《艾瑪》等，有些作品到現代已改編成電影，並大受好評。

NO. 106
Friedrich Nietzsche
弗里德里希・尼采

"The advantage of a bad memory is that one enjoys several times the same good things for the first time."

"A joke is an epigram on the death of a feeling."

記性差的好處是，一個人可以像第一次一樣享受做相同的好事好幾次。

笑話是描寫某種感覺死亡的警語。

人物介紹

19 世紀末德國古典語言學家和哲學家，對西方哲學思想有深遠的影響，提出許多著名的思想，像是「超人」、「權力意志」或「永恆回歸」等，引發世人對尼采思想進行討論與研究。

Vocabulary

advantage n. 利益，好處　　bad memory phr. 記性不好　　epigram n. 警語

NO. 107

Lewis Carroll
Alice in wonderland

路易斯・卡羅
《愛麗絲夢遊仙境》

"Have I gone mad? I'm afraid so.
You're entirely Bonkers.
But I will tell you a secret,
All the best people are."

我發瘋了嗎？恐怕是的。
你完全就是個瘋子。
但是我來告訴你一個祕密，
所有最偉大的人都是這樣的。

人物介紹

19 世紀英國作家，本名查爾斯・道奇森，
筆名路易斯・卡羅，是兒童文學《愛麗絲
夢遊仙境》、《愛麗絲鏡中奇遇》的作者，
這兩部作品充滿奇幻、天馬行空的劇情，
是兒童文學的重要著作。

NO. 108
Will Rogers
威爾・羅傑斯

"Even if you are on the right track, you'll get run over if you just sit there."

"You know horses are smarter than people. You never heard of a horse going broke betting on people."

即使你在正確的道路上，如果你只是坐在那裡也會被輾過去。

你知道馬比人還要聰明，而你也從來沒聽過馬會因為在人身上打賭而散盡財產。

人物介紹

20 世紀美國知名歌舞雜耍演員、電影演員、作家等，以精鍊、簡樸的幽默語句和社會評論為名。羅傑斯達成多項成就，包括環遊世界三次、拍攝 71 部電影、寫了 4000 則報紙專欄，在許多領域都有顯著表現。（圖左為羅傑斯）

Vocabulary

track n. 小徑；小道　run over phr. 輾過　go broke phr. 失敗，破產
bet on pht. 就～打賭

NO. 109
Aesop
伊索

"We hang the petty thieves and appoint the great ones to public office."

"Fine clothes may disguise, but silly words will disclose a fool."

我們絞死了小偷，卻委任大盜擔任公職。

華麗的衣服可能會掩飾外表，但愚蠢的話語卻會顯露出一個傻瓜。

人物介紹

古希臘的奴隸、寓言故事作家，相傳《伊索寓言》是由伊索創作，然而因為時代久遠，是否真有伊索這個人已不可考。伊索寓言故事的主人翁都是動物，例如狐狸、驢子等，故事篇幅簡短、結尾還有充滿哲理的語句，至今仍是兒童必讀的故事集。

台灣廣廈 國際出版集團
Taiwan Mansion International Group

國家圖書館出版品預行編目（CIP）資料

翻轉人生的勵志英文抄寫魔法：每天累積正能量勵志語句，同
時提升英文實力，找到改變人生的力量 / 正能量編輯委員會著.
-- 初版. -- 新北市：國際學村, 2023.07
　面；　公分
ISBN 978-986-454-292-5
1.CST: 英語　2.CST: 讀本　3.CST: 格言

805.18　　　　　　　　　　　　　　112007368

 國際學村

翻轉人生的勵志英文抄寫魔法
每天累積正能量勵志語句，同時提升英文實力，找到改變人生的力量！

作　　　者／正能量編輯委員會	編輯中心編輯長／伍峻宏・編輯／陳怡樺
	封面設計／何偉凱・內頁排版／菩薩蠻數位文化有限公司
	製版・印刷・裝訂／東豪・紘億・秉成

行企研發中心總監／陳冠蒨　　　　線上學習中心總監／陳冠蒨
媒體公關組／陳柔彣　　　　　　　數位營運組／顏佑婷
綜合業務組／何欣穎　　　　　　　企製開發組／江季珊

發　行　人／江媛珍
法律顧問／第一國際法律事務所 余淑杏律師・北辰著作權事務所 蕭雄淋律師
出　　　版／國際學村
發　　　行／台灣廣廈有聲圖書有限公司
　　　　　　地址：新北市235中和區中山路二段359巷7號2樓
　　　　　　電話：（886）2-2225-5777・傳真：（886）2-2225-8052
讀者服務信箱／cs@booknews.com.tw

代理印務・全球總經銷／知遠文化事業有限公司
　　　　　　地址：新北市222深坑區北深路三段155巷25號5樓
　　　　　　電話：（886）2-2664-8800・傳真：（886）2-2664-8801
郵政劃撥／劃撥帳號：18836722
　　　　　　劃撥戶名：知遠文化事業有限公司（※單次購書金額未達1000元，請另付70元郵資。）

■出版日期：2023年07月　　　　ISBN：978-986-454-292-5